Lenice Gomes
Hugo Monteiro Ferreira

Recife
cidade das pontes, dos rios, dos poetas e dos carnavais

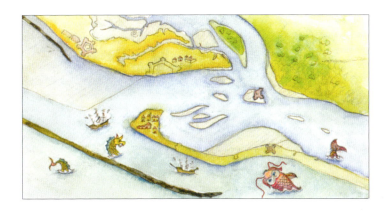

Tati Móes
ilustrações

2ª edição
5ª reimpressão

*Dedicamos a:
Maria Clara, Josete, Luiz Marcelo,
Isaura, Nicinha, Eronides, Aluísio
(em memória), Silvério Pessoa e
Laércio Gomes.*

Boa Viagem

Foto: Roberta Guimarães

Eu sou Recife. Terra dos rios, das pontes, dos poetas e dos carnavais. Nasci no século XVI, época em que o Brasil era colônia de Portugal. Inicialmente, fui batizada com o nome Vila de Ribeiro do Mar dos Arrecifes. A palavra "arrecife" vem do árabe *arrasíf* e quer dizer "calçada, caminho pavimentado, linha de escolho". Também sou conhecida como terra dos corais. De 12 de março de 1537, data de meu nascimento, aos dias de hoje, passei por várias transformações. Nem sempre fáceis e simples, mas importantes para a minha vida e para a vida de meu povo. Sou a Recife do Cícero Dias. O artista que, no século passado, disse que viu o mundo e que ele começava em mim...

O porto e o bairro do Recife com os arrecifes

Em 1548, eu era uma pequena aldeia de pescadores. Nessa época, em função de minhas terras enlameadas, cheias de manguezais, foz de muitos rios e riachos, Duarte Coelho, governador da Capitania de Pernambuco, não me dava tanta importância quanto dava a Olinda, minha cidade-irmã, que era sede da Capitania. Olinda possuía uma bela geografia e uma situação estratégica adequada para combates e conflitos tanto por mar quanto por terra. Nesse período, eu ainda não era uma vila propriamente dita, mas já apresentava condições de crescimento, pois possuía uma situação portuária privilegiada. Tempos depois, como vou contar adiante, tornei-me a cidade de maior movimento portuário das Américas.

O Forte do Brum, localizado no istmo que ligava Olinda ao Recife, teve sua construção iniciada pelos portugueses em 1626 e concluída pelos holandeses, em 1630.

Foto: Roberta Guimarães

Quem me vê hoje, e diante dos problemas atuais, deseja voltar ao meu passado, acreditando que naquela época eu era um paraíso: terra promissora, muita água (mar, rios e manguezais), destinada ao sucesso. No entanto, desconhece a complexidade existente em mim: falta de água potável, de um abastecimento alimentar regular e até de madeira para as construções. O meu solo nunca foi bom para plantio, mas a minha condição portuária sempre foi privilegiada. Em 1584, cem navios trafegavam em minhas águas. Já em 1589, cerca de 200 mil arrobas de açúcar eram produzidas e comercializadas. Tornei-me, como disseram alguns, uma terra "feita de açúcar". Eu recordo que, em 1561, Mem de Sá expulsou os franceses das minhas terras e, em 1595, os ingleses me ocuparam por trinta dias. Tudo por conta do açúcar, o ouro-branco do homem mercantilista. Lembro-me de que piratas, apoiados muitas vezes por grandes nações, tentavam roubar o açúcar e o pau-brasil produzidos em minha terra; por isso, em 1578, Cristóvão de Barros defendia a necessidade de se construir uma fortaleza para proteger a minha barra. Assim foram construídos vários fortins, como escreveu tempos depois Josué de Castro, excelente geógrafo das modernidades.

Em 1630, 67 navios e 7 mil homens, aguçados pela cobiça do açúcar, vieram para o Brasil. E instalaram-se em minhas terras por 24 anos. Eles eram os holandeses. Homens que queriam conquistar e explorar as riquezas aqui encontradas. A vinda deles provocou uma série de conflitos para os colonizadores portugueses. Foi uma época de muitos desentendimentos.

O arrecife criou um porto natural que, associado à localização geográfica, fez do Recife um dos mais movimentados portos do mundo.

Foto: Roberta Guimarães

Em 1637, motivada pelo desejo de conquista, a Companhia das Índias Ocidentais mandou para o Brasil o conde João Maurício de Nassau. Um homem de origem alemã, considerado ótimo administrador (tanto da guerra quanto da conciliação), de bons relacionamentos comerciais e com uma visão de mundo ampla. Em sua embarcação, o conde trouxe desenhistas, pintores, médicos e cientistas, pois pretendia utilizar as técnicas desses profissionais no meu desenvolvimento. E foi o que fez. Além de cuidar muito bem das ocorrências militares, Nassau soube dialogar com amigos e inimigos, e também soube promover diversão e alegria para as pessoas. Ainda hoje, por exemplo, a farsa do boi voador é lembrada pela memória do povo. Depois do conde Maurício de Nassau, não fui mais a mesma: estava em mim instalado o sentimento de modernidade e progresso.

A primeira ponte de grande porte construída nas Américas ligava o bairro portuário do Recife à ilha de Antônio Vaz, hoje bairro de Santo Antônio, e tinha uma parte levadiça para a passagem de navios. Passou por diversas reformas e em 1917 foi reconstruída e reinaugurada com o nome de Ponte Maurício de Nassau.

Foto: Roberta Guimarães

A partir daí, foram construídas pontes, arcos, ruas foram pavimentadas, prédios erguidos. De um simples vilarejo, tornei-me uma importante localidade cosmopolita para o comércio das Américas. A presença do conde, sem dúvida, implicava mudança na minha vida... Mas em 1643, Maurício de Nassau foi demitido da Companhia das Índias Ocidentais e, em 1644, deixou o Brasil. Em janeiro de 1654, os holandeses, depois de travarem várias batalhas, saíram de minhas terras e eu voltei a ser administrada pelos portugueses. Tempos difíceis: tive perdas e ganhos, mas sobrevivi!

Rua do Bom Jesus, antiga Rua dos Judeus. Os holandeses realizaram diversos levantamentos cartográficos do Recife, e a cidade foi o resultado de sua experiência na criação de cidades em terrenos baixos.

Foto: Roberta Guimarães

Em 1710, fui elevada à condição de vila independente. Depois da saída de Nassau, aconteceu a maior briga entre mim e Olinda. Essa briga foi chamada Guerra dos Mascates. Livre e independente, recebi muita gente em meu solo. A população aumentou e as complicações de convivência entre os habitantes também. Aconteceram muitos conflitos, comerciais e políticos. O preço do açúcar era exorbitante e alguns enriqueciam de forma ilícita enquanto outros perdiam suas fortunas. A desavença entre mim e Olinda durou um bom tempo e provocou mudanças em muitos setores de nossa sociedade.

Recife vista de Olinda.

Houve um tempo, por volta do século XVIII, em que as pessoas começaram a viver a vida dos meus rios – Capibaribe e Beberibe. Tomavam banhos, andavam de barco, contemplavam a água-doce e acreditavam no poder medicinal dessa água. Fui, sem dúvida, nesse período, a cidade dos rios. O mar, hoje tão cultuado, não significava tanto. A gente de minha terra queria

Durante séculos o mangue foi depredado, atualmente é protegido por leis municipais.

mesmo era o Capibaribe e o Beberibe. Tempos depois, Manuel Bandeira, um dos meus mais ilustres filhos, escreveu um lindo poema em que dizia, num dos versos, "Capiberibe – Capibaribe". Como se quisesse homenagear a grandeza dos rios que me cortam ao meio e me tornaram uma cidade-ilha: lugar rodeado por águas. Privilegiada pela Mãe Natureza.

A igreja do Pátio de São Pedro no bairro de São José, uma das muitas que testemunharam a participação dos clérigos na formação religiosa e política da cidade.

No século XIX, várias revoluções ocorreram. Vi muitos homens lutando pelos seus ideais e presenciei diversos embates intelectuais. Alguns eram a favor das novas ideias modernas. Outros queriam a tradição.

O mundo efervescia. E eu acompanhava o mundo. Espaço de muitas contradições. Ou, como quiseram alguns, a Recife das revoluções libertárias e culturais. Tempos complexos! Em 1823, tornei-me capital de Pernambuco. No imaginário do meu povo, fiquei sendo a Recife da rebeldia e dos questionamentos. São dessa época as revoluções de 1817, a Praieira e a Confederação do Equador. Consegui a liberdade almejada e pude fincar minha marca no solo da história do Brasil como uma cidade libertária.

Inaugurado em 1850, o Teatro Santa Isabel seria um dos lugares escolhidos pelos abolicionistas para pregar seus ideais em meados de 1880.

Foto: Fred Jordão

Fui-me modernizando. Pontes e teatros foram sendo erguidos. Mas os homens negros não eram livres. Ainda havia escravidão. Isso era um atraso. Mesmo promovendo inúmeras mudanças, os governantes não conseguiam definir uma clara política de abolição. Coisa que só veio a acontecer definitivamente no final do século XIX. Alguém já disse "modernizar nem sempre é evoluir". Por isso, ao longo do tempo, sempre me vem uma dúvida: é possível ser uma cidade progressista tendo um povo oprimido? É possível? Acho que não. O progresso pode implicar crescimento, mas também pode implicar retrocesso de alguma forma.

Rua da Aurora

Cheguei ao século XX e as pontes de certa forma me traduzem. Por elas, as pessoas caminham. Sou costurada como num grande tecido geográfico. As pontes são importantes para mim. Por meio delas, transformo-me de lugares partidos em lugares unidos. Quando vem o pôr do sol e as águas espelham a beleza natural do ocaso, percebo que as construções de ferro e cimento dos homens dão ao ambiente um ar de encantamento e nostalgia. Sinto-me uma Recife nova, tomada pelo sentimento dos antigos.

A casa onde Manuel Bandeira brincou sua infância foi transformada em centro cultural nomeado de Espaço Pasárgada em homenagem a um dos poemas do autor.

Dividida por rios e entrecortada por pontes, sou cidade de poesia. Ou, se quiser, de poetas: Manuel Bandeira, João Cabral de Melo Neto, Carlos Penna Filho, Mauro Mota, Joaquim Cardozo. A poesia desses homens sempre me homenageou e pelos seus versos sou cantada. Cada um a seu jeito e de sua forma informou o que eu fui, o que eu sou e o que eu serei: a Recife, como disse Bandeira, da memória do povo, da "língua errada do povo", da "língua certa do povo". Quero ser a casa dos poetas: onde a palavra tem força e valor! Oxalá aos poetas do mundo como um todo!

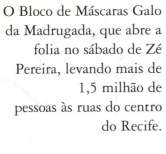

O Bloco de Máscaras Galo da Madrugada, que abre a folia no sábado de Zé Pereira, levando mais de 1,5 milhão de pessoas às ruas do centro do Recife.

Foto: Fred Jordão

Ao som dos tamborins, embalada pelo ritmo dos maracatus, tomada pelo espírito do frevo, sou a Recife dos carnavais. Várias músicas me rendem homenagem. Uma das mais expressivas, feita por Luiz Bandeira, diz "Voltei, Recife/ Foi a saudade/ Que me trouxe pelo braço/ Quero ver novamente 'Vassoura'/ Na rua abafando/ Tomar umas e outras/ E cair no passo". E quantos recifenses e não recifenses, durante as festas de Momo, embalados pela alegria de confetes e serpentinas, dançam felizes pelas minhas ruas! Alguém afirma que Mestre Capiba é o meu carnaval em ritmo e verso. Acho que sou, como ele disse, "madeira de lei que cupim não rói", por isso sobrevivi a tantos embates e a tantas lutas.

Hoje sou a Recife dos encantos mil. Vejo-me dividida em duas: a antiga e a nova. Somadas, viro uma. A de todos. De minhas pontes, beijo os rios. Dos meus rios, dialogo com o mar. Pelos meus poetas, canto o amor à vida e à morte. Com o Carnaval, sinto a alegria do homem. Nos dias atuais, tenho tantos bairros, tantas casas, tantas ruas, tanta gente. Gente tanta. Sou assim, feito querem, uma metrópole. Cidade grande: livrarias, museus, teatros, cinemas, lojas, mercados, centros acadêmicos, faculdades, escolas, hospitais! Ufa! Às vezes, nem pareço mais a Mauriceia do Nassau. São os tempos. Finais dos tempos? Acho que não. Acredito em um novo tempo. Nova era. Era dos Recifes.

A cidade nos dias de hoje.

Sou **Hugo Monteiro Ferreira**. Nasci no Nordeste do Brasil. Vivo em Recife. Sou casado. Tenho uma filha. Gosto de ler, de teatro, de música, de viajar, de conversar, de escrever, de perceber o poético das manhãs, das tardes, das noites. Sou apaixonado pela lua e adoro a beleza das estrelas. Amo as crianças e a capacidade que elas possuem de reinventar o já inventado pelas pessoas grandes.

Sou **Lenice Gomes**. Nasci no Nordeste do Brasil. Vivo em Recife. Tenho um filho. Gosto de escrever poesias, de viajar, de teatro, de cinema. Sou apaixonada pelo mar e adoro a beleza das plantas. Amo as crianças e a capacidade que elas possuem de desdizer o que já havia sido dito pelos homens grandes.

Sou **Tati Móes**. Nasci e cresci com estas pontes e rios. Minha infância foi brincando nas ruas da Madalena e meus primeiros colégios e cursos de artes foram em casarões numa rua às margens do Capibaribe. Foi difícil escolher, entre tantas lembranças e ruas, as que ficariam gravadas neste livro.

Para recriar o Recife do passado dependi de artistas como Franz Post, Hagedorn, Telles Júnior, entre outros, que com suas obras testemunharam a urbanização da cidade. Gostaria de agradecer aos amigos, Helena, Bartira e Kawamura, que me apoiaram e me mostraram que Recife ainda tem muita beleza e muitas águas para deixar rolar...

© 2007 texto Hugo Monteiro Ferreira e Lenice Gomes
ilustrações Tati Móes

© Direitos de publicação
CORTEZ EDITORA
Rua Monte Alegre, 1074 – Perdizes
05014-001 – São Paulo – SP
Tel.: (11) 3864-0111 Fax: (11) 3864-4290
cortez@cortezeditora.com.br
www.cortezeditora.com.br

Direção
José Xavier Cortez

Editor
Amir Piedade

Preparação
Dulce S. Seabra

Revisão
Alessandra Biral
Rodrigo da Silva Lima
Gabriel Maretti

Edição de Arte
Mauricio Rindeika Seolin

Obra em conformidade ao
Novo Acordo Ortográfico da Língua Portuguesa

Dados Internacionais de Catalogação na Publicação (CIP)
(Câmara Brasileira do Livro, SP, Brasil)

Gomes, Lenice
  Recife – cidade das pontes, dos rios, dos poetas e dos carnavais / Lenice Gomes e Hugo Monteiro Ferreira; Tati Móes, ilustrações. — 2. ed. — São Paulo: Cortez, 2008.
  — (Coleção nossa capital: Pernambuco)
  ISBN 978-85-249-1046-3
  1. Recife — História — Literatura infantojuvenil I. Ferreira, Hugo Monteiro. II. Móes, Tati. III. Título. IV. Série.

07-1215   CDD-028.5

Índices para catálogo sistemático:
1. Recife: História: Literatura infantojuvenil   028.5

Impresso no Brasil – fevereiro de 2023